삶을 물어야 할 시간

신 독 愼 獨

신 독 愼 獨

펴 낸 날   2023년 01월 18일

지 은 이   정철수
펴 낸 이   이기성
편집팀장   이윤숙
기획편집   서해주, 윤가영, 이지희
표지디자인   서해주
책임마케팅   강보현, 김성욱
펴 낸 곳   도서출판 생각나눔
출판등록   제 2018-000288호
주   소   서울 마포구 잔다리로7안길 22, 태성빌딩 3층
전   화   02-325-5100
팩   스   02-325-5101
홈페이지   www.생각나눔.kr
이 메 일   bookmain@think-book.com

• 책값은 표지 뒷면에 표기되어 있습니다.
  ISBN 979-11-7048-519-3 (03810)

삶을 물어야 할 시간

신 독 愼獨

柳亭 정철수 시집

신독은 홀로 있을 때도 도리에 어긋난 일을 하지 않으며, 삼가고 조심한다는 뜻

생각나눔

목 차

2장 齊家(제가)

3장 治國(치국)

4장 平天下(평천하)

우리 곁의 초인 『신독(愼獨)』을 내면서

柳亭 정철수

　　　　　　매일 꿈을 꿨다. 언젠가 집을 지으면 '하
얀 집을 짓겠다.' 생각했다. 벌집처럼 촘촘히 얽혀있는 집이
아닌 바람과 구름이 쉬어가며, 지나던 길손의 발걸음을 멈춰
세울 수 있는 정감 어린 집, 사랑하는 사람들이 언제든지 찾
아와 저마다 꿈을 꾸고 펼칠 수 있는 집. 이번 두 번째 시집
은 그 집을 짓기 위한 과정 중에 지어졌다.

　제목을 얹는 데도 오랜 시간이 걸렸다. 삼갈 신(愼), 홀로 독
(獨), 즉 신독이란 수신제가치국평천하(修身齊家治國平天下)를
이루기 위한 기본자세로 홀로이 있을 때도 도리에 어긋난 일
을 하지 않으며, 삼가고 조심해 자칫 흩어질 수 있는 본성을
세우고자 함이다. 『대학』과 『중용』에 나오는 말이다. 그만큼 정

성 된 마음으로 시를 짓고 삶의 좌표로 삼았다.

　내게 시(詩)는 집을 짓는 것과 같다. 시를 쓸 때면 꿈이 찾아들었고, 지난날들이 노닐다 가는 걸 서슴지 않았다. 막막했던 고민들의 길동무가 되어주는가 하면, 꿈의 날개를 활짝 펼치는 데 주저치 않았다. 길을 잃을 땐 북두칠성이 되어주었고, 어머니가 그리울 땐 어머니 품에 안겨 밤새 흐느꼈다. 사랑이 그리울 땐 애절하게 보고픔을 달래줬고, 힘든 시간 앞에 서면 함께 눈물을 흘려줬다. 길을 걷는 중에도 깊은 잠에 취한 중에도 낯선 이와 대화를 나누는 중에도 지치고 힘겨움에 몸서릴 칠 때에도 환희에 젖어 포효할 때에도 그렇게 시는 나와 함께였다. 시는 나의 길동무이자 영혼의 그림자였고, 나를 이끄는 스승이었다. 그렇게 시(詩)는 내 곁에 머물며 언제나 날 지켜주는 호위무사였다.

　나의 첫 번째 처녀작 『지지 않는 달』이 그리움에 대한 시라면, 이번 두 번째 시집은 홀로이 정성 됨을 담아낼 때 꿈이 펼쳐질 수 있듯 꿈에 중심을 뒀다. 그러기에 시를 쓰며 행복했던 순간들을 이 땅에 자리한 모든 이들에게 나눠주고 싶다.

특히, 힘든 시간을 보내고 있을 이들, 외롭고 지친 이들, 삶 앞에 절망하고 좌절하는 이들, 꿈을 찾아 헤매는 이들에게 음미되고 읽히길 바라본다.

오늘 두 번째 시집이 나올 수 있도록 허락해 준 선조님들과 조상님들께 감사드린다. 맑은 영혼을 담아낼 수 있음은 오직 님들이 물려준 혈통적인 부분이 강했다.

특히, 나의 정신적 스승이신 금곡 하연순 선생님은 20년 넘는 시간 동안 나를 지탱하고, 보다 건강한 삶을 살도록 이끌어주신 길과 같은 분이셨다. 그리고 석·박사학위 지도를 맡아주신 김용만 교수님은 나의 엷은 학문을 두텁게 해주셨을 뿐 아니라 든든한 언덕과도 같은 분이시다.

또한, 탄천문학회 조선형 회장님과 문우들께도 감사드린다. 그중에서도 시집이 빛날 수 있도록 시평(時評)으로 마음을 내어주신 시인 김명옥 부회장님께 무어라 감사함을 담아야 할지 모르겠다. 두고두고 마음 빚을 갚아야 할 분이다.

소중한 또 다른 분들은 다섯 분의 누님과 두 분의 형님이시다. 형제들의 지극정성이 오늘 내가 머무는 곳마다 별이 될 수 있었음이다. 특히, 갈용선, 정유진 넷째 누이 내외분은 나로 하여금 건강한 삶이 무엇인지 일깨워주셨고, 내가 힘들 때 거침없이 자리를 내어주셨다. 그리고 몸담고 있는 동화 임직원과 이 시간에도 현장에서 수고를 아끼지 않고 있는 관계자들과 근로자분들께도 감사드린다.

그 외에도 직간접으로 알고 지냈던 모든 분께 지면을 빌려 감사함을 담는다. 끝으로 시집이 오롯이 시집답게 자리할 수 있었음은 사랑하는 아내와 예진, 혜성, 호연 세 딸이 건강하게 가정 안에 머물고 있었기 때문이다.

특히, 아내의 내조는 내가 세찬 바람을 견딜 수 있게 한 원동력이었다. 다시금 감사함을 담는다. 마지막으로 시집이 나올 수 있도록 도움을 주신 생각나눔 이기성 대표님과 편집진에게도 고마움을 전한다. 이 시집은 이 땅 위에 자리한 모든 이와 지구성에 생명으로 자리한 모든 것에 바치고 싶다.

초평동 밭에서/ 유정 쓰다.

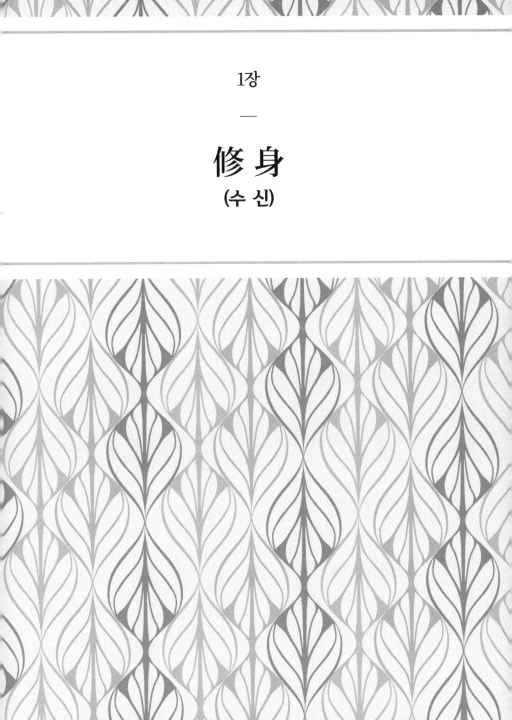

1장

—

修身
(수 신)

언제쯤이면

앙상한 가지가
저리 아름다운 줄 이제야 알겠다.
실오라기 하나 거치지 않고
자신을 온전히 드러낸다는 것이
얼마나 큰 용기와 결단이
필요한가.

비바람이 불면 부는 대로
눈보라가 치면 치는 대로
묵묵히 세월을 머금고
휘어지고 부러져도
새들에게 둥지를 내어주고
햇살 드는 날엔 그림자 되어
그대로를 여실히 보여주는

우린 언제쯤

자신을 온전히 보여줄 수 있을까.

그 언제쯤이면…

새벽이 좋다

아직 날이 밝기까지 많은 시간이
남아졌는데, 의식이 또렷하다.

고요가 머물고 있는 시간,
아내의 고른 숨결
자명종의 초침소리
밤이 깊었음을 알려준다.

더 누워 있기 뭣해
슬그머니 커튼을 여니
창밖은 온통 하얀 눈이다.

옷가지 챙겨 입고 눈밭을 걸을까
생각하다 이내 거둔다.
벌써 내 마음 밭에도 눈이 내려

이대로의 시간을

즐기면 그만인 것을…

무엇으로부터도 통제받지 않는 시간

새벽, 지금이 좋다.

지난 시간을 맘껏 불러올 수도

미래의 시간과 조우(遭遇)할 수도

현재 앞에선

오롯이 날 바라볼 수 있기 때문입니다.

은밀히

또 다른 나를 만날 수 있는

새벽이 좋다.

첫 눈

난 네가 좋다.
니가 너무 좋다.

무거운 짐을 질때에도
힘겨움에 지쳐있을 때에도
절망 숲에 머물 때에도
기쁨에 겨울 때에도

난 니가 좋다.
널 기다릴 수 있어 좋다.

그해 가을

그해 가을엔
시험만이 있었다.

단풍도
새들의 지저귐도
귀뚜라미 소리도
보고 듣지 말라 했다.

깨알 같은 글들만이
나의 친구며
미래를 여는 별이라 했다.

영롱한 별들
눈시울에 단풍잎
떨궈주고 떠났다.

가을이 그립다.

너를 향하여

무심히 걷는 발걸음
네 그림자 따라 걷는다.

너와 함께 있다는 것
그것만으로도 좋다.

행 복

들풀이면 어떠랴
누구도 찾는 이 없으면 어떠랴

햇살 비추고
바람 불어
밤하늘별과
사랑 속삭일 수 있으면.

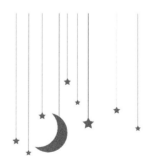

비 오는 날이면

이렇게
비가 오는 날이면
네가 더욱 그리워진다.

세월이 흐른 뒤에도
이리
보고 싶은 건

너와 함께한
시간

빗방울마다
머금어
그런가 보다.

사는 날
그리움 있어 좋다.

갈 증

발끝에서 발끝으로
쉼 없이
그라운드를 내달리고 있다.

멈춰선 듯
나는 듯

때론 함성을 움켜쥐고
때론 절망을 부여잡고

끝없이 내달려도
바르르 떨리는
채울 수 없는
목마름.

삶을 물어야 할 시간

어찌 살아야 하는지 묻습니다.
지금의 삶이 바름인지 그름인지
하늘과 땅에게 묻습니다.

지금껏 살아온 날들
오직 옳음인 줄 알고 살아왔습니다.

행여
그름이었다면
다시 반듯한 길로 향하고 싶습니다.

섣불리 누군가 나서지 않는 길이라도
우리 삶이 가야 할 길이라면
주저 없이 그 위에 서겠습니다.

한 번뿐인 삶의 길에서

하늘, 땅에게 맹세합니다.

옳은 길 가겠다고.

산 책

점심을 먹고
명륜당 뜨락을 거닐다
은행나무 아래 앉았다.

수북이 쌓인 낙엽마다
가을 깊었음을
전한다.

여여로이 바라보는
눈 속으로
가득한 햇살 내리고
오백 년 조선의 역사가
들어선다.

예를 갖춰 맞으니
한 무리 비둘기 떼
날갯짓이다.

아득한 성자
정성 되라 일러준다.

만 남

출근길
풀잎에 맺힌 반짝임

단지 물방울이었던 이슬
진주처럼 고아질 수 있음을
새벽엔 미처 몰랐다.

햇살과 이슬
누가 먼저 찾아왔건
누가 먼저 기다렸건

만남은 서로를 빛나게 했다.
영롱한 빛으로.

바람아

바람아!
널 부여잡고 싶구나.
힘들 땐 넌 나의 위로가 되었고
그리움일 땐 넌 보고픔이 되었지.

따스함을 원하는 이에게는 햇살로
삶이 힘든 이에게는 부드러운 미소로
외로움이 깃든 이에게는 사랑으로
깊게 깊게 안아줬었지.

누구에게나 쉬 보여주지 않으며
나뭇잎의 흔들림으로
동해의 파도로
한라산의 한설로
깃발의 나부낌으로 널 드러내곤 했어.

바람아!

널 닮고 싶구나.

가을, 문턱에서

텅 빈 운동장 한 켠에 앉아 가을을 맞는다.
한여름 뙤약볕을 이겨낸 잔디밭
고스란히 햇살을 이고 있는 지붕
금세 내 곁에 머물 것 같은 저기 저 구름
늘 침묵으로 위용을 선보이는
운동장 한 켠의 녹슨 골대

가을 앞에 서면 모두가 아름다움이다.
그 아름다움을 뽐내려 이제 본격적인
줄서기가 시작된다.

길섶의 코스모스가 그럴 것이고
장롱 속 옷들이 순서를 기다릴 것이며
내려앉은 하늘은 좀 더 높이 오를 것이다.
묵혀있던 책들이 쏟아져 나올 것이며
창조를 위해 몸 던진 작가들의 생명이

꿈틀거린다.

심연 깊은 곳의 감정이 깨일 것이고
고요 속에 머물던 사랑이 일 것이다.

아련히 떠오르던 생각이 또렷이 자리하는가 하면
들녘의 곡식이 본집을 찾아 나설 것이다.
저기 저 나뭇잎들은 하나둘씩 멋스럽게
치장할 것이며,
그리도 울어대던 매미는 다음 해를 기약하며
숲속 공주처럼 깊은 잠에 들 것이다.

이제 백마 탄 왕자를 기다리며
모두는 가을을 그리 맞이하고 있다.

꽃들을 보다

비바람에 흔들리는

꽃들을 본다

곱다

여리디여린

네가 저리 피기까지

지리한 시간

잘도 견디었구나.

어느 땐 찬 서리에 놀랐고

어느 날엔 거친 비바람 앞에

몸서릴 쳤으며

어느 때는 가시덤불과 사투를 벌이기도 했다.

그런 날들을 견디게 한 것은

밤하늘 별들과 새들의 노래였으며

위로를 안고 찾아든 나비들의 날갯짓.

바람의 속삭임은

뿌리를 더욱 단단케 했으며

햇살 내리는 날엔

아픔이나

시련 따윈 더 이상 없을 것 같았다.

그렇게 견디고 견디며

생의 날들로 채워진 위대한 꽃

지금의 너희다.

잘 산다는 것

잘 산다는 것은
거창한 그 무엇을 남기는 것이
아니라 성심(誠心)으로
하루를
살아가는 것이다.

일어나 이불을 개고,
양치질을 하고
신발을 가지런히 하는 것으로부터
책상을 정리하는 것
친구와 가벼이 인사를 나누고
동료와 차 한 잔 마시고
집에 들 때
아이스크림 하나 손에 들고
파란 신호등을 기다리고

가까이 있는 이에게
따뜻한 말 한마디 건네는 것
햇살과 바람을 느끼고
새들의 노랫소리를 듣는 것

그런 소소한 일상이
의미 있고 가치로운 삶이다.
잘 산다는 것은 그런 것이다.

THE PROMISE 〈약속〉

내 젊음,

조국에 받치던 날

청춘의 꿈

별 무리에 묻고

나,

저기 작은 별 되어…

빗발치는 총성

쉼 없이 박혀도

나 오늘 웃을 수 있음은

조국(祖國)이 있기 때문.

생의 노정(路程)

하루를 컴퓨터 안에 담고 있는 시간
격랑 속을 내달려온 날들이
함께 담긴다.

언제든 펼쳐볼 그 시간의 흔적
때론 좌절과 절망으로
때론 끝없는 환희로
거친 숨결이 오는가 하면
그지없이 평화로움이 내리기도 했다

첫사랑이 그리워 몸서리 치는 날엔
온 밤을 꼬박 끌어안았고
누군가 미워지는 날엔
무릎이 닳도록 절을 했다.

그렇게 하루하루 빚고

겹겹이 쌓인 나날들이

지금의 나.

내일의 내 모습은

오직 나의 선택

생의 노정,

잘 빚고 싶다.

눈물이 난다

황량한 들길
걷는 사이로
거센 바람 분다.

지난 시간
푸르르고자
사력을 다했던 들녘

빛바랜 모습
그대로
고스란히 길 위에 남아졌다.

간밤
빗줄기가 거세던 것도
남몰래
하염없이 울었던 이의 아픔도

길 위에 작은 흔적 남기고

바람결 따라 날았다.

이 땅에 왜 왔느냐 묻거든

5월 중순, 햇살이 거실 가득히 내려앉은 늦은 오후,
빨래 대에 걸어놓은 양말을 개던 아내가
"당신은 이 세상에 왜 온 것 같아요?" 묻는다.

갑작스런 질문에 양말짝을 찾던 손이 멈춰서고 잠시 망설이다
"아마도 여행을 온 게 아닌가 싶네. 우리가 낯선 곳에 여행을
떠나듯 천상에서 지구별로 여행을 온 것이 아닌가."

"맞아요."
짧은 대답에 아내가 맞장구 친다.
"어느 시인은 생명으로 사는 동안 '우리는 소풍을 온 거라며
짧은 생 아름답게 살다 갔으면 좋겠다.' 하대요."

그렇게 아내와 삶에 대해 이야길 주고받는 사이
수십 켤레의 양말이 제 짝을 찾았고, 서랍 안에 든다.

새날에 한 켤레씩 다섯 식구 발을 감싸 안을 것이다.

우리 생의 날들, 여행하는 이의 마음처럼 설렘과 행복으로

많은 추억 가슴에 담아졌으면 좋겠다.

이후 여행 마치고 돌아갈 때

참 행복했노라 그리 말할 수 있도록…

삶과 시간

시간과 삶은 서로 앞서거니 뒤서거니
경쟁을 하고 있다.
사력을 다했던 과거는 나를 기억하고
마주 선 현재는 나를 지켜보고
도통 알 수 없는 미래는 또 다른 날 기다리며
그 모든 시간 속에 희로애락과 생로병사를 오가며
언젠가는 끝을 보일 것을 안다.

영원할 것 같은
시간도
언젠간 삶을 떠날 것이다.
삶에 충실할 수밖에.

딸들처럼

봄 앞에 선
진달래, 개나리, 산수유, 벚꽃
우리 딸들처럼 참 예쁘다.

세상이 참 곱다

2장

—

齊家
(제 가)

정박 중

격량을 헤치고 온
그대여!

지친 영혼 위로하라.
조급함도 초조함도
떨쳐내고
오직 쉼 가지라.

지금
더 행복해하고
더 즐거우며
더 활짝 웃으라.

내일은
더 큰 사명 있을지니

대담한 도전과 열정으로

그대 무장하라.

짧은 여정

누군가 내게 돌 던지거든
신발 끈 단단히 동여매게 함이니
허허롭게 웃음 지어주면 안 될까.

저기 저 바람도
흐르는 구름도
모두가 내 편인데
돌 따위 무엇이 두려울까.

세월 지나니
모두가 추억 아니던가.

바람에 꿈 싣고

검푸른 바다 위
너와 함께 가련다.

바람에 꿈 싣고
그리 가련다.

행복이 있는 그곳
수평선 너머로
나 가련다.

90분 동안

뺏고 뺏기고
넘어지고
쉼 없이 내 달리고

잠시 잠깐
쉼.

어둠이 드는 날엔 불 밝히고
해 드는 날엔 그림자 위로

이기고 진다는 것은
그라운드 위에 펼쳐진
생(生)의 나날들…

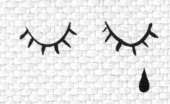

인 생

마치
100미터를 달리듯
오늘 하루만이
세상 유일의 날인 듯
살아왔다.

만원버스의 빼곡함처럼
여백 없이
누군가
목줄을 물 것 같아
쉼 없이 내달렸다.

그리 사는 게 잘사는 것이고
진실 되이 정성 되이
사는 삶인 줄 알았다.

삶, 다시금 되돌아본다.

중년의 남성

거울 앞에 중년의 남성이
서 있습니다.

표정없는 모습 앞에
어찌 살았는지
묻습니다.

우수에 젖은 듯한
눈망울 속엔
눈물이 가득
깊게 팬 주름마다
고단하다 말합니다.

어린아이가 되어

내 나이 57세, 적잖은 나이다.
정확히 언제 어떻게
먹었는지 알 수 없으나
내 피부 내 살갗 내 세포
하나 하나 속에 세월의 흔적이
여실히 머물고 있음을 보면
분명 57세가 맞다.

하지만 딱 하나
내 마음 말이다.

마음 밭에 자리한
나이가 아직도 동심 속에 있어
좀체 나이를 가늠치 못하겠다.

때때로 엄마가 하염없이 보고 싶어

뺨을 타고 흐르는 눈물을 훔치는 모습은
영락없이 어린아이다.

동무들과 뛰놀던 뒷동산을 생각하면
마냥 행복해지고
빛바랜 유년의 추억을 꺼내 들면
절로 미소 지으니 말이다.

어느덧
세상 속에 머문 지 57년째
때때로 힘겹고 지쳐있을 때
무심히 찾아든 동심은
가장 큰 위로가 되고
삶을 견디게 하는 윤활유다.

이제

내 어릴 적 모습보다

훌쩍 커버린 자식들을 보면

아직도 어린아이 같은

내 모습 아련하다

너무 일찍 왔다

약속 시간보다 1시간 일찍 왔다.
너무 이른 시간 도착한 탓에
보낼 곳을 찾는다.

인근에 자리한 덕수궁 돌담길
옷깃을 세워
겨울을 걷는다.

봄여름 가을을 보듬은
수많은 인파
나와 가는 길 다른지
비켜 가는 이 많다.

살다 보니 남아진 시간도 있다.
덕수궁 돌담길에

켜켜이 쌓인 시간

따뜻한 이들과 나누고 싶다.

지금 이 순간

추억을 담기에 제격이다.

풍경바람

어쩌면 저 이는
풍경(風磬)을 달기 전에
바람을 봤을 것이다.

바람이 불지 않으면
풍경은 그저 쇠 덩어리에
불과하다.

바람이 불어와 풍경을 때리면
생명들 저마다 꽃을 핀다.
닫혀있던 마음 문이 열리고
죽어있던 나무 가지에서
연푸른 새싹 움터온다.

풍경소리 바람결 따라
마음을 일으켜 세우고 있다.

구름아, 함께 가자

어느 날
내 고독 깊어
마음 무겁거든

구름아
가득히
비 내려
무거움 덜어주렴

너도
바람 따라 가다
힘겨움 있거든
언제고
내게 오려마

우리 서로의 걸음마다

가벼운 깃털 되어

훨훨 날아오를 수 있게

구름아

우리 함께 가자.

일상의 여유

양재동 '커피 볶는 집' 카페에 앉았습니다.
주말 낮 시간인지라
다소 많은 사람들이 삼삼오오 모여 담소를 나누거나
다양한 표정으로 자신을 드러내고 있는
모습 속에서 조금은 여유로움을 보게 됩니다.

책을 읽거나 독서 삼매경에 빠져있는 이
심각한 표정으로 누군가를 기다리는 이
함께한 이들 속에서 유독 말을 쏟아내는 이
모자를 쓰고 고개만을 끄덕이는 이
인근에서 왔는지 슬리퍼를 신고 다리를 떨고 있는 이

다양한 옷차림으로부터 6월임을 알게 됩니다.
이러한 풍경을 느낄 수 있음은
내 안에 작은 여백이 자리한 까닭은 아닌지.

며칠 전부터 어느 공간에 소속되었다는 것,
그것이 심리적 안정을 가져왔다 해야 할까요.

지난 5개월간은 힘겨움의 시간이었습니다.
자유인, 프리랜서의 불확실성과 미래,
새로운 좌표를 설정치 못하고 혼돈을 경험했던
시간이었습니다.
새로운 좌표 앞에 섭니다.

우리의 시간 9박 10일

지난 며칠의 시간들

우리는 같은 시간, 같은 공간에 머물렀습니다.

그 안에서

누구는 낯설어했고, 어떤 이는 익숙해 했습니다.

익숙하지 않은 음식을 먹었고

이방인들과 마주했으며

오래전 기억 속에 머물던 영단어들을 찾았고

생소한 문화를 경험했습니다.

처음 마주한 곳에서는 신비로움과

자연의 경이로움을 느꼈고

다른 문화를 접할 땐

그들의 역사와 문화 속에서 허우적거렸습니다.

세상이 다름을 알았고,

우리 삶이 작았음을

새삼 알아가고 있었습니다.

우리에게 주어진 시간이 얼마 남지 않았을 즈음

우린 가슴 안엔 추억들이 들어섰고

우리 속에 자리했던 시간과 공간

누구는 외형을 봤고

누군가는 내면을 봤습니다.

내 생애 최고의 선물

오늘,
내 곁에 머물고 있는 이들
내 생애 최고의 선물

함께 울고 웃고
내 곁에 있어 줘
감사하다 전합니다.

단 비

버스 타고 천안 가는 길
빗줄기가 세차다.
추수 마친 논밭을 위로하는
가을의 특별한 선물이리라.

오랜 가뭄 끝에 만난 단비
빗줄기를 맞이하는 생명들
줄 서서 내달리는 차량들
서산에 뉘엿뉘엿 지고 있는 해
바라보는 것만으로도 행복이다.

스치는 한 점 바람으로도
떨어져 내리던 단풍들
쏟아지는 빗줄기 앞에 속수무책이다.

수북이 쌓인 낙엽들

지난 화려했던 순간들

오직 한곳에 머문 것에 대한

회환 벗고

자유로움 만끽하고 있다.

단지 비가 내릴 뿐인데

온 천지가 축제분위기다.

무엇이든 갈급함이 더할 때

귀히 여겨지는가 보다.

우리 삶 속에도

가끔은 단비 같은 일들이

있으면 좋겠다.

공존, 그는 나에게 나는 그에게

오늘이라는 이 하루

수많은 이들 함께하고 있다.

때론 보고픔으로 갈등으로

웃음으로 심한 아픔으로

서로는 서로를 그렇게 바라보며 살아간다.

그 속에서 나와 그를 생각해본다.

그는 내게 무엇을 하라, 말라 하진 않지만

그는 그저 내게 세상의 이로움이 되라 일러준다.

오롯이 느끼고 받아들이라 한다.

난 그에게 전한다.

침묵으로, 거친 저항으로

고요 속에 들면 끊임없는 대화를 주고받다 가도

혼자가 아닌 타인 속에 있다 보면

어느새 그는 내 곁에 없는 듯

그는 어디에도 막힘이 없다.
또한 누구에게나 보여지지만 알지 못한다.
물을 마시는 순간에도 잠자리에 들거나
숨을 쉬는 매 순간 그와 함께하고 있다.

난 그에게 숱한 투정으로 그를 괴롭게 하지만
그는 나에게 어떤 투정도 하지 않는다.
오직 침묵으로 나에게 보여지고
내 고요 가장자리에 머물며
내 가슴 깊이 나와 함께 자리하고 있다.

그는 나에게 나는 그에게
우리 그렇게 공존하고 있다.

고민, 끝없음에 대하여

슬며시 어둠 내리듯이
봄 햇살에 눈 녹아 대지로 스미듯이
내 안에 머물길 원하는

사라질 듯 다시 일어서
물안개 피어나듯
하늘 흰 구름처럼
끝없이 동행하는
내 사는 동안

여인과 겨울

출근길

도로변에 목석처럼 서있는 여인

'어떤 사연이 있어 그리

서 있나?' 묻기도 전

백미러 속 그녀는

작은 점 되어

그리움과 슬픔

가득 배인 모습으로

찬바람을 고스란히 맞고 있다.

그녀는

누구보다 먼저

겨울,

한가운데 서 있다.

휴(休)

와상에 누워
늘어지게 자고 나니
산새 소리
5월을 노래하더이다.

일상에 지쳐
쉴 곳을 찾던 날들
와상은
분명 삶의 쉼터

이 한 날
'일상을 멈추고'
삶을 보라 하더이다.

하루에게

참 미안합니다.

이 하루

그냥저냥 살고 말았습니다.

무수한 핑계 속에

건성으로 건넨 이 하루

이젠

영롱한 아침이슬과

밝게 타오르는 태양

흘러가는 구름

밤하늘별과도 감사히

함께하겠습니다.

하루가 '고맙다.' 말합니다.

존재의 이유

봄볕 짙게 든 3월
세상 흐드러지게 핀
꽃들의 유희
서로 봐 달라 아우성이다.

칭찬받고 싶은가 보다.
인정받고 싶은가 보다.
모두 한자리에 모아
토닥거려 준다.

생명 있는 모든 것들
존재의 이유를
찾는 몸부림이리라.

막 떠난 버스

도착하기 직전 버스가 떠났다.

발걸음을 재촉했지만 떠난 뒤였다.

버스의 뒷모습을 멍하니 바라본다.

급히 뛴 게 후회스럽다.

버스가 떠난 뒤에도 심장은 끝없이 뛰고 있다.

심장이 안정될 즈음 또 다른 버스가 앞에 선다.

3장

—

治 國
(치 국)

고3을 위한 변명

애들아!

많이 힘들구나.

밤낮으로 책장을 넘기고 있는

너의 하루가

지치고 야위어가고 있음을 안다.

별 하나 없는 새까만 밤길을 걷는 것처럼

폭풍우 속 홀로 서 있는 것처럼

그리 아리고 답답하다는 것을 안다.

하지만 아니?

너희가 고요한 밤

책장을 넘길 때

미래가 밝아지고 있다는 사실을

세상은 외롭게 지새우는 이들로 인해

지탱되고

그들의 숨결이 미래의 등불이 된다는 것을 말이다.

애들아! 조금만 참으렴

이 또한 지나가리니

지금 이 순간이 너희 삶을 찬란히 빛내주고 있음을

잊지 마려무나.

늘 꿈을 먹고

보다 크게 펼쳐질 미래를 보려무나.

정성은 절대로 헛되지 않음이니

그걸 믿고 온 정성을 다해 보렴

앞으로 삶이 지금보다 더 거칠고

절망적일지라도 굳건히 견딜 수 있음은

너희 안에 희망이라는

씨앗이 자라고 있기 때문이란다.

너희는 당당히 세상 앞에 나설 자격이 있다.

신(神)께서 너희에게 어떤 성스러운

미래를 보장해 줬는지 알 수 없으나

너희 생각이 올곧고 너희 삶이 지금껏 정성스러이 왔다면

미지의 세계에 대한 두려움 걷고

사력을 다해 삶을 엄위(嚴威)하려무나.

거부하는 몸짓으로 몸부림친다 해도

지금 이 순간을 뛰어 넘어갈 수 없는 것처럼

이 순간은,

너희가 거쳐야만 하는 숙명(宿命) 같은 거란다.

삶은 분명 보다 큰 가치가 있고

살만하다는 것을

어느 날엔 쉬 느낄 수 있을 것이다.

우리 그 아름다운 삶을 맞이하기 위해
오늘을 잘 견뎌보자.

요즈음 "얼마나 고달프냐?"라고
네 편이 되어 줘야겠지만
너희 세대를 지나온 부모들도 그 시간을
금세 잊고 너희 편이 되지 못할 때가 있단다.
그렇다고 원망하진 말아다오.
사람은 늘 지난 날을 잊고 산단다.

산 정상에 올라보면
사방성이 확 트이듯
세상을 넓게 멀리 볼수록
그 안에는 끝없이 진귀하고
고귀한 보물들이 숨겨져 있단다.

이제 그 보물들

모두가 너희 것이니

맘껏 꺼내 쓰려무나.

그것이 훗날 너희에게 주는 보상이란다.

애들아! 너희가 곧 세상이고 미래란다.

사랑한다.

초 인

그대,
어쩜 그리 무거움을 지고도
늘 웃는 낯빛인가.

종일토록 머리를 조아려도
자존심이 뭉개져도
화가 머리끝까지 치밀어도
'허허' 바보처럼 웃는다.

그 많은 속앓이에도
무수한 오해에도
너털웃음 지울 수 있음이…

비 밀

누구나 숨기고 싶은 것
하나쯤은 가지고 산다.

지워지지 않는
가슴속 문신처럼

사는 동안
그렇게…….

경 기

어느 누가
이기고 싶지 않은 이
있겠는가.

어느 누가
잘하고 싶지 않겠는가.

그러나 누군가는 이기고
누군가는 질 수밖에

누군가는 웃고
누군가는 울고

경기,
끝까지 살아봐야 아는
우리네 인생을 품었다.

슬픈 초인의 노래

사람들 통곡소리가 곳곳에서 흘러나온다.

영어 한마디 못하는 어르신들로부터

갓 말문이 트인 어린아이까지

화이자

모더나

아스트라제네카

야단이다.

코로나!

세상 속에서 자신의 이름을 이리

단숨에 기억하게 한 것도 없을 것이다.

브랜드 하나를 홍보하려면

헤아릴 수 없는 비용이 소요될 터인데

저것들은 자신의 이름을 세상에 알리는 데

탁월한 능력을 지녔다.

어쩌다 우리는 저들 앞에 무릎을 꿇게 되었는가?

그것은 오직 자연을 가벼이 여긴 탓이다.

매 순간 넉넉히 우리를

받아주고 품어주고 내어줬던

대자연!

다시 찾아야 한다.

아름다웠던 초인의 모습을.

회 식(會食)

왁자지껄 소리에 갈빗살이 익어간다.

무수히 쏟아놓은 언어들이 벌건 숯불에 타들었다.

부딪히는 술잔으로 일상이 풀어졌다.

김 대리가 힘들다 푸념한다.

구석지에 앉아있던 정 국장이 누구나 겪는 아픔이라며

소주 잔 내밀어 위로한다.

김 대리의 얼굴 가득 웃음꽃 피어났다.

매일의 일상이 회식자리만 같으면 어떨까.

누나들

내겐 다섯 분의 누나가 계신다.
칠순의 큰누나부터
육십을 바라보는 막내 누나까지
헤아릴 수 없이 소중한 분들이다.

세월을 사는 동안
그 곱던 모습엔
삶의 주름이 깊게 패였고,
머리 위엔 흰 설이 내려앉았다.

인생의 봄날
북풍한설 앞에선 차돌보다 단단했지만,
서로에겐 따사로운 봄볕이었다.

그런 누나들이

내겐 어머니였고 친구였으며
삶을 지탱케 해주는 버팀목이다.

이제 인생의 겨울 속에 든다 해도
봄꽃처럼 아름답게 피어
행복하시기를….

상암벌 12전사

상암벌 12전사, 한 민족얼 가슴에 안고
붉은 물결 넘실대면 민족혼 살아 숨 쉰다.

통한의 역사
누구에게 물어 선지선열 모셔 오랴

녹색 그라운드 12전사 민족정기 불러오면
한의 절규 외침으로 묻어나고
태극전사 투혼 가슴으로 뿜어내면
육만 붉은 물결 함성으로 화답하고
옛 선조 호국영령 보호하사 이 땅을 호령한다.

그대들 어디 있었던가?
민족정기 찾으니 박수갈채로다.

오 해

머리끝까지 화가 치밀어 견딜 수가 없었다.

속을 뒤집어 보이고 싶은 심정이었으나

그는 내 진실 따위엔 관심도 없었고

연신 자신의 언어들만 쏟아내고 있었다.

더 이상 그와 마주하고 싶지 않다.

본의의 마음을 오도하거나 자기식으로

해석한 후 그 틀에 맞추려 하는 인간 군상들

그가 내게 이야기하고 있다.

세상은 힘 있는 자들의 것이라고

정의나 성실 따윈 못난 자들이 하는 자기변명이며

항변이라고

정당한 골인 상황에서

느닷없이 오프사이드를 불어대고 있다.

고 백

나 오늘 4월의 햇빛과
저기 저 구름과
스치는 바람에게
"사랑한다." 고백하리라.

갓 피어난 연둣빛 생명 위에
입 맞추며
그리 사랑하리라.

새벽잠에 취한
길섶 민들레 눈 비비 울 때
이슬 한 방울 가슴에 담아
그대
"사랑한다." 말하리라.

오늘 나

꽃비 되어

그 네

그곳에 앉아 도란도란 속삭이는
사랑 이야기
참으로 보기에 좋더이다.

지나는 이마다 잠시 쉬어가는 곳
지나던 바람도 멈춰 쉬었고
밤 별들도 속삭임에 쫑긋하더이다.

오늘 가을빛에 물든 단풍
그리도 그리던 사랑 담습니다.
사뿐히 앉아

그리움이라는 것

비가 옵니다

빗물로 쓸려간 자리엔

그대를 향한 덧없는 마음만 뒹굽니다.

그대가 내게, 내가 그대에

그리운 사람이면 좋겠습니다.

굵은 빗방울이 후두둑 머리 위로 떨어집니다

마치 내 마음이 그대를 향한 바람처럼

덧없이 서럽게 떨어집니다

어디로 가는지도 모르면서

뚝뚝 녹아 떨어지는 줄도 모르고

그렇게 그렇게 묵묵히 기다리다

흔적도 없이 사라지는 그런 것인가 봅니다

출장 가는 길

매서운 바람 앞에서도
가야 할 곳 있어 좋다.

낯선 이도 만나고
수많은 것들과 마주함은
그 자체로도 좋다.

피어나는
생각과 감정들
어딘가를 향한다는 것은
살아있음이다.

오늘
내 가야 할 길

희 망

한겨울엔 너를 제대로 알지 못했다

아니 알려 하지도 않았다

앙상한 가지만을 드러낸 네 볼품없는 모습

관심도 두지 않았다. 때론 쓸모없는 것이라며

불쏘시개나 하라 했다.

처절히 외면받고

몸서리치는 외로움을

안아야만 했던 너를 안다.

무심한 시간이 흐른 뒤 봄이 찾아왔다.

누가 먼저랄 것도 없이

하나 둘 연두빛깔 새싹이 움트고

있었다. 쓸모없다던 네게서 말이다.

그랬다. 볼품없다 몸서리치도록 외면받으면서도

견뎌 낼 수 있음은

희망이 함께했기 때문이었다.

이제 모두들 네가 좋다 한다.

이리 아름답고 고운 빛깔이 잠들어 있었음에

모두가 깜짝 놀란다. 지난날의 네가 아니란 걸

알기 시작할 즈음

본격적으로 네 모습을 거침없이 보이기 시작했다.

오늘 네게서 다시금 배운다.

때가 이르면

활짝 꽃이 핀다는 것을

이제 누구도 네가 쓸모없다 말하지 않는다.

이 아침 눈부시게 빛나는 네게 마음까지 빼앗기고 만다.

시간이 지나 여름을 맞고 가을을 보낸 뒤
다시금 앙상함이 네게 찾아와도 널 더 이상
쓸모없다 하지 않으리라.

너의 본모습을 보았기 때문이다.
넌 분명 희망이고 미래임을 이제야 알겠다.

바 람

출근길
참새들이 모여
모이를 줍고 있다.
토실한 걸 보니
제법 부지런한가 보다.

삶도 부지런하면
토실해질까?

마음도 몸도
그리해지고 싶다.

어떻게 토실해질까
묻고 또 묻는
하루이고 싶다.

가 을

가을이 참 예쁘다.

흘러가는 구름도

황금 들녘도

앞선 여인의 뒷모습도

두 손 맞잡은 노부부의 모습도

예쁘다.

떨어져 내리는 낙엽도

스치는 바람결도

성근 별들도

그지없이 예쁘다.

나 오늘,

가을이고 싶다.

봄 비

아침 출근길
우산을 받쳐 든 이들의 모습 아름다워
카메라 셔터를 눌렀다.

우산 위로
봄을 전하는 빗방울들의
노크소리 정겹다.

어쩌면 빗방울 속에
찬연한 봄꽃들의 씨앗들
숨었을 게다.

형형색색의 우산 꽃이
봄비 속에
먼저 피었다.
인사라도 먼저 할까?

환 생(還生)_하수구 청소

이른 아침 눈 비비고 나와
하수구 뚜껑을 연다는 것

남들이 싫어하고
귀찮아 눈감을 수 있는 일을
당신은 먼저 나섭니다.

담배꽁초로부터 쓰레기까지
가득한 오물과 격한 냄새들
주저하거나 머뭇거림 없는
당신

생애 처음으로
맑고 밝음을 접한 하수구
활짝 웃습니다.

하수구의 웃음

언젠가 황금빛 되어

돌려줄 것을 압니다.

오늘 당신이 디딘 발걸음

환한 기쁨이길

4장

一

平天下
(평천하)

들풀의 미소

아침 산책길
나뭇가지 하나 주워들고
이슬 머금은 들풀
간지럼 태웠다.

자지러지듯 놀라
흔들거린다.

논둑
새하얀 학 한 마리
무슨 일인가
목 길게 빼고

아침 산책길에서 만난
수많은 들풀 친구들

알아주는 이 있다며

환하게 미소 짓는다.

11월과 가족

그래
보내줘야 한다.
저리 가고 싶어 하는데
망설임 없이…

언제까지 함께할 수
없다는 것을 안다.

언젠가 시간이 지나면
보내줘야 한다.
쓸쓸함이 자리하는 건
빈자리가 크기 때문인가 보다.

친구를 보내며

어릴 적 함께 뛰놀던 한 친구가 있었습니다.

개구쟁이 친구는 모든 걸 잘했습니다.

짤짜리, 자치기, 딱지치기, 쥐불놀이

매 순간을 함께했으며

개구리 뒷다리를 구워 먹을 때에도

참새 잡이 놀이 때에도 친구는 앞장섰습니다.

그러나 한 해 한 해를 보내며

친구는 어깨에 짊어진 짐이 너무 버겁다 했습니다.

우린 친구의 무게를 알지 못했습니다.

삶이 무겁다며 언제부턴가 훌훌 벗어버리고 싶다 했습니다.

서로를 위한다 했지만

일상의 핑계로 친구의 아픔을 외면했던 날들,

세상 작은 흔적 하나 남기지 않고

훌쩍 떠나고만 친구 앞에
꽃다발 한 송이 바치지 못해
너무도 미안합니다.

이제 그 친구를 보내려 합니다.

어머니를 위한 기도

한없는 사랑으로 세월을 빚어
오직 자식을 위해
일생(一生)을 살아오신 어머니

한평생 어머니의 삶은 자식이었습니다.
자식의 고통 앞에 서면 애끓는 심정으로
자식의 행복 앞에 서면 만인(萬人)의 어머니 되어
그렇게 저희와 함께하셨습니다.

어느덧 세월은 어머니 앞에 백발과 주름을 세웠지만
저희에게 어머니는 늘 하늘이고
모든 생명을 품어내는 넓은 대지(大地)셨습니다.

자식의 일이라면 궂은일 마다치 않으시고
삶을 온몸으로 보여주신 어머니셨기에

오늘 저희는 어머니가

자랑스럽기만 합니다.

이 세상에 그 무엇이 있어

당신의 자리를 대신할 수 있을까요?

어머니!

당신을 영원히 사랑합니다.

그립거든

길을 걷다
문득
보고 싶거든

지난번 맡겨둔
마음 꺼내
보고픔 달래길

구름으로
스치는 바람으로
때론 길섶 나즈막한
꽃망울로

언제나
나
그대 곁에 있음을

두 개의 눈물

탁구결승전

손에 땀을 쥐게 하는 박빙의 승부

4번에 걸친 듀스

끝내

누군가는 이기고

누군가는…

메달의 색깔이 달라지는 순간

승리자의 함성

안타까움의 탄성

함성과 탄성 속에 자리한 눈물

결코 그들의 눈물은

다른 색일 수 없다.

당 신

당신,
하늘이 내게 준 최고의 선물입니다.

당신과의 동행!
내 생의 가장 큰 기쁨입니다.

당신,
영원토록 사랑합니다.

바람이 분다

봄을 부르는

바람이 분다.

겨울을 걷어내고 있다.

하얗게 밤을 지샌

이들의 방황도

모두 걷어가길…

바람 사이로

까치 소리

경계를 허물고 있다.

Fortune(행운) 속으로

봄이 찾아드는 어느 날
코엑스 전시장을 찾았다.

작가의 거친 숨결이
섬세하고 예리함이
부드러움과 투박함이
강렬함과 빈약함이
현란한 색으로
때로는 선 하나로

그렇게
간절함으로
삶과
소통하고 있었다.

임을 위한 기도

6·25 발발 77주년
임의 애끓는 외침은
세계 위에 우릴 세웠고
번영된 조국의 토대였음을

어떤 절망의 벽도
좌절의 늪도
희망을 부여잡고 험난한 질곡
그렇게 한 걸음 한 걸음 걸어오셨습니다.

찢겨진 가슴 움켜쥐고
가슴 시리도록
가엾은 조국 보듬었던 절규(絶叫)
우리네 가슴마다에 고이 내려앉습니다.

얼마나
사무쳐 애태우셨습니까?

끝내 이 땅을 지켜내신

임의 깊으신 삶은

분명, 우리가 닮아야 할 최고의 가치

고이 담아

내일 앞에 전하겠습니다.

이제

강한 대한민국

더 위대한 대한민국을 다짐하나니

임의 그 크신 사랑

언제까지고

이 땅에 머물러 저희와 함께하소서

10월이 준 선물

가을이 깊이 든 날
승리의 벅찬 기쁨이 찾아들었다.
심장 뛰는 소리
천둥소리 이상으로 들려왔다.
세상을 다 품은 영웅호걸이라도
된 듯 호기롭고 그 벅참은
상상할 수 없는 희열을 안겨왔다.

아니 오늘만큼은
어떤 것도 부럽지 않다.
처음엔 기쁨도 어느 곳으로
가야 할지 몰라 했다.
그렇게
길을 찾기까지 수없이 묻고
두리번거렸다.

주어진 시간 안에 전달해야 했기에

기쁨은 간절함이 더했던 이에게로

가야 한다 판단했다.

그러나 저마다 간절함을 놓고

팽팽히 맞섰다.

줄이 끓어질

정도였다.

끝까지 지켜봐야 했다.

시간은 흐르고 초조함은 더해지고

그렇게 시간이 다 되어갈 때쯤

벅찬 기쁨은

더 이상 미룰 수 없었기에 선택해야 했다.

한밤 달님을 보며

간절히 기도했던

호승 형의 마음을 생각한 뒤에야

마음을 굳혔다.

두 손을 맞잡은 마음

그것이 오늘

그렇게 찾아든 벅찬 기쁨이다.

어느 노인

족히 80세가 되어 보이는
노인 한 분이 구석진 곳에 버려진
박스며 종잇조각을 줍는다.

한여름 30도가 훌쩍 넘는 폭염
체감온도는 40도.

뙤약볕을 그대로 맞으며
폐자재들을
리어카에 차곡차곡 쌓고 있다.
이마에선 연신 비지땀이 비 오듯 한다.

다가가 "이러다 쓰러지시겠어요.
잠깐 물 한 잔 드시고 하세요."
물컵을 건네 드렸더니 얼굴 가득 웃음 배인다.

어떤 사연 있어 이곳까지 오시게 되었는지

알 수 없으나

물 한 잔의 시간이라도

잠시 삶의 무게 내려놓으시길

작은 바람 담아 두 손 모아본다.

저 고움같이

한밤 어둠이 깊었던 공간 위로
그지없는 밝음이 채워졌구면 그려.
한 주를 시작하는 월요일,
좋은 꿈꾸고 큰 기지개 폈는가.

창문 넘어로 보여지는 풍경,
참 곱고 예뻐 보이는 아침일세.
저 고움같이
친구의 마음 그리 고움이길.

친구들이 있어 좋네.
이 한 주
분주한 마음을 내려놓고
잔잔한 음악과 커피 한 잔의 여유로
고움 담겨진
날들이길.

유 혹

출근길 라일락의 유혹
뿌리칠 수 없다.
발걸음 멈춰 꽃 향 맡는다.

햇살의 따뜻한 눈길
바람의 포근한 어루만짐
한밤 내린 봄비의 사랑

출근길 라일락 향
종일토록 배웅한다.

반 성

하루를 보내노라면
눈 내리듯 무수한 말들
수북이 쌓이더이다.

어느 곳에선
천상의 언어로
어느 곳에선
흙투성이 되어

때론 따뜻함으로
때론 험상궂게
내 곁에 머물기도 합니다.

우리 사는 날
햇살 따뜻한 언어

수북이 내리길…

하루를 시작하며 주문해 봅니다.

이런 날이면

이런 날이면
어디든 훌쩍 떠나고 싶다.

가슴이 먹먹해
눈물이 쏟아질 것 같은
이런 날이면
아무도 없는 곳으로 떠나고 싶다.

기차라도 타면 좋을까
산길을 걸으면
드넓은 바다를 보면 어떨까

누군가 마음 헤아려 줄 이 있는 곳으로
그리 떠나고 싶다.

별도 달도 숨은 밤

캄캄한 밤
어둠과 친구 되어
걷는다.

풀벌레 소리
발길따라
나섰다.

달도 별도
숨은 밤

갈대숲 바람에
길을 묻는다.

햇살 비추던 날, 가을을 담다

햇살 비추던 날,
단풍 숲을 걷는다.

저 고운 단풍잎처럼
나
햇살에 물들고 싶다.

시간 지나
이슬에 겨워할지라도

새 벽

깊은 한밤 지나
새벽 오면
나뭇잎 위에 영글은 이슬

하루를 여는 새들에겐
양식으로
오솔길을 걷는 이에겐
가을이다.

당신이 좋은 까닭

당신은 해바라기 같은 사람입니다.
길섶에 자리하면서도
나를 향하는 그 마음
헤아릴 수 없는 사랑을 주는 까닭입니다.

당신은 가로등 같은 사람입니다.
짙은 어둠 들고 찬 서리 내려도
언제고
나와 함께하는 까닭입니다.

당신은 그늘 같은 사람입니다.
어느 곳에 있던
머물고 싶은 까닭입니다.

당신은 옹달샘 같은 사람입니다.
목이 마르고

쉼이 필요할 때

마르지 않는 깊은 샘물 같기 때문입니다.

나 오늘,

행복한 것은

영원토록 사랑하는 당신,

곁에 있는 까닭입니다.

김명옥 시인 시평

—

꿈과 행복을 찾아가는 시인의 행로

-정철수 시집 『신독(愼獨)』

|김명옥 시인 시평|

         📝 정철수 시인이 시집 『신독(愼獨)』의 시평을 부탁해 왔다. 난 정 시인의 부탁에 흔쾌히 승낙했다. 그가 첫 시집 『지지 않는 달』을 발간한 지도 10여 년의 시간이 흘렀을 뿐만 아니라, 동인 활동도 활발하게 하고 작품도 부지런히 쓰는데 두 번째 시집 발간 소식이 없어 몹시 궁금하던 차에 그의 전화는 나를 몹시 반갑고 고맙고 행복하게 했다.

    내가 정철수 시인과 인연을 맺은 지도 어언 20여 년의 세월이 흘렀다. 당시 그는 성남일화천마프로축구단의 사무국장이었다. 그를 만난 후 체육인은 거칠고 우락부락할 것이라는 내 편견은 사라졌다. 그의 부드러운 미소, 따뜻한 말투, 세심한 배려, 절제된 언행은 마치 조선 시대 선비 같았다. 첫 만남에서 나지막하면서도 신념에 찬 목소리로 문학에 대한 열정을 활화산처럼 분출하던 그는 그후, 성남탄천문학회원으로 활동하면서『문예운동』을 통해 시인으로 등단했다. 10년이면 강산도 변한다고 했는데, 2번이나 강산이 변했는데도 그는 예나 지금이나 한결같은 선비다.

성남일화천마프로축구단이 성남 FC로 바뀌었고, 그도 충청남도 체육회 사무처장으로, 에코비전21 편집위원으로, 대학에서 후학들을 지도하는 교수로 그리고 건설 분야에서 안전을 담당하는 역할자이지만, 스포츠와 문학을 사랑하고 아끼는 스포츠 전문가이자 스포츠 문학가, 즉 시인이라는 점은 바뀌지 않았다.

그는 시인의 말에서 "첫 시집『지지 않는 달』이 그리움에 대한 시를 담고 있었다면, 두 번째 시집은 꿈이라는 주제가 중심으로 자리한 시"라고 했다. 특히, "힘든 시간을 보내고 있을 이들, 외롭고 지친 이들, 삶 앞에 절망하고 좌절하는 이들, 꿈을 찾아 헤매는 이들에게 읽히길" 바란다고 했다. 이제 정철수 시인의 꿈과 행복을 찾아가는 여정에 동행해 보고자 한다.

1. 사랑이 만든 여백의 아름다움

시는 깊은 울림을 주는 시적 장치가 있어야 하고, 철학적인 사색과 미감이 어우러져야 한다. 그의 시집 제목 『신독(愼獨)』은 그의 삶의 철학을 직접 표현하고 있다 해도 과언이 아니다. 홀로 있을 때도 도리에 어그러짐이 없도록 몸가짐을 바로 하고, 언행을 삼가고, 남에게 드러내 보이기 위해서 행동하는 것보다 항상 자신을 다스리는 삶을 중요하게 여기는 그의 철학을 고스란히 담고 있기 때문이다.

시인은 시적 대상을 관찰하여 그것을 언어로 표현한다. 그리고 말하고자 하는 주제를 직설적으로 드러내기보다는 간접적으로 표현하여 시적 대상에 숨겨진 의미와 사상을 제시한다.

무심히 걷는 발걸음

네 그림자 따라 걷는다.

너와 함께 있다는 것

그것만으로도 좋다

−「너를 향하여」 전문

「너를 향하여」는 2연 4행의 짧은 시다. 그리고 특별한 시적 장치나 철학적 사유도 없다. 시적 대상은 '너'이며, 행위는 '너를 향하여'이며, 너를 향하여 가는 방법은 '따라 걷기'라고 간단명료하게 제시하고 있다. 그러나 어떤 감정이나 욕심, 욕망이 없이 일정한 거리를 유지하며 따라 걷는다는 것이 생각처럼 쉽지 않다는 것을 경험해 본 사람은 안다. 생각과 견해에 집착하는 인간관계에서는 무심보다는 사심이 늘 앞서기 때문이다. 그도 "무심히 걷는 발걸음"이라 했지만, 결코 무심할 수 없었음을 "너와 함께 있다는 것/그것만으로 좋다"고 고백한다. 그러나 그다음은 침묵이다. 침묵의 힘은 뇌성벽력보다 강하다. 침묵을 깨우는 것은 소리다. '네 그림자'와 '발걸음'은 침묵이며, 침묵을 깨우는 소리다. 나의 존재 의미를 "너와 함께 있다는 것"에서 찾고 있는 「너를 향하여」는 특별한 비유나 상징이 없는 묘사만으로 언어를 뛰어넘는 그 이상의 의미를 담아내고 있다. 이제 침묵이 주는 여백의 공간을 채워넣는 것은 독자의 몫이다. '너'의 대상이 사랑하는 사람이든 육친이든 초월적인 존재든 상관없다. 이 세상에 사랑보다 더 소중한 것은 없기 때문에 그는 사랑을 표현하는데 2연 4행이면 충분했던 것이다.

들풀이면 어떠랴

누구도 찾는 이 없으면 어떠랴

햇살 비추고

바람 불어

밤하늘별과

사랑 속삭일 수 있으면

–「행복」 전문

그가 '너를 향하여' 가고자 한 이유는 그것이 바로 '행복'이기 때문이다. 사랑한다면 바라보는 것만으로도 충분히 행복하다.

왜냐하면, 사랑에 빠지면 그 즉시 아무 증거도 없이 서로 사랑한다는 것을 알기 때문이다. 이때 사랑의 대상이 '들풀'이라도 상관없고, 찾는 이 없어도 관계없다. '햇살', '바람', '밤하늘별'과 "사랑을 속살일 수 있으면" 그것이 삶의 의미이고 행복이다.

사랑의 대상은 '너'에서 '들풀'과 같은 자연물로 확장된다. '들풀' 대신 비, 구름, 바람, 꽃, 새 나무 등 어떤 자연물로 환치시켜도 상관이 없다.

확장된 자연물은 그와 병치되면서 배경으로 물러난다. 고층 건물에 둘러싸인 도시에서 자연이 주는 행복은 무위자연의 행복이다. 그는 느리게 천천히 걸으면서 주변에서 흔히 볼 수 있는 것, 일상의 소소하고 평범한 것에서 행복을 찾고 행복을 확대 재생산해 나간다.

현대 도시사회는 다양함이 공존하고 용인되는 시대다. 공존과 소통 부재의 이율배반적인 시대에 자연은 도시생활을 하는 그가 몸과 마음과 정신을 치유하는 가장 이상적인 공간으로 자리한다.

따라서 그는 '따라 걷기'와 '느리게 걷기'를 통해 물리적, 객관적 시간 의식에서 벗어나 심리적, 개인적인 시간을 향유하게 된다.

이렇게

비가 오는 날이면

네가 더욱 그리워진다.

세월이 흐른 뒤에도

이리

보고 싶은 건

너와 함께한

시간

빗방울마다

머금어

그런가보다.

사는 날

그리움 있어 좋다.

－「비 오는 날이면」 전문

  물은 아래로 자연스럽게 흐른다. 물은 어떤 상황과 부딪쳐도 그
것에 순응한다. 물은 단절되지 않고 계속 순환한다. 물은 용해 변
용되어 무한한 상상력을 자극하고 무한한 창조를 낳는다. 그래서
노자는 물을 상선약수(上善若水), 즉 최고의 선은 물과 같다고 했
다. 비도 물이다.

  시에는 일정한 이미지의 전달수단이 있다. 그는 빗방울을 가슴으
로 끌어들이는 변용 과정을 거친다. 세월은 물리적이고 객관적인

시간인데 그리움은 심리적이고 개인적인 시간이다. 그는 '세월이 흐른 뒤에도 보고 싶은' 그리움을 '비 오는 날' 때문이라고 넌지시 비에다 핑계를 대고 있다.

물은 생명 탄생과 죽음과 부활을 상징한다. 빗방울이 머금고 있는 세월과 시간만큼 무한한 상상력과 무한한 창조를 낳는다면 그리움도 무한한 상상력과 무한한 창조를 낳는다. '그리움'은 상식적이고 일상적인 주제이지만, 시적 대상인 '비'에 감춰진 특별한 경험이나 감각, 사유 등이 투영되면 특별하게 변용된다. '비 오는 날이면' 그리울 '너', 그는 비 오는 날을 몇 번 만났을까. 또 몇 번 만날까. 비 오는 날이면 "그리움 있어 좋다"고 고백한 그리움의 실체는 무엇일까.

비가 물이듯 비와 빗방울도 둘이 아닌 하나다. 비가 내리지 않으면 빗방울은 만들어지지 않는다. 삶도 마찬가지다. 생사(生死)와 사는 날은 둘이 아니다. 생사가 없다면 사는 날이 없고, 사는 날이 없다면 생사도 없다. 사는 날을 비 오는 날로 이미지의 전달 수단으로 삼은 것은 그가 지천명 나이에 자신의 공을 자랑하거나 뽐내지 않고 물과 같이 살아가고자 하는 하심(下心)과 무관하지 않으리라.

가을이 참 예쁘다.

흘러가는 구름도

황금 들녘도

앞선 여인의 뒷모습도

두 손 맞잡은 노부부의 모습도

예쁘다.

떨어져 내리는 낙엽도

스치는 바람결도

성근 별들도

그지없이 예쁘다.

나 오늘,

가을이고 싶다.

-「가을」의 전문

흔히 인생을 계절에 비유한다. 자연에 봄, 여름, 가을, 겨울이 있듯 인간에게도 생로병사가 있다. 봄을 유년기, 여름을 청년기, 가을을 중년기, 겨울을 노년기에 비유했을 때, "가을이고/싶다"고 했다. 이유는 단 하나 '예쁘다'이다. 모든 법칙은 인연이 화합해서 이루어진다. 가을이 예쁜 건 구름, 들녘. 낙엽, 바람결, 성근 별, 여인, 노부부 모두 서로 인연이 화합해서 연기되었기 때문에 예쁘다. 그가 하늘의 뜻을 안다는 지천명에 "가을이고 싶다"고 한 것도 봄의 성장통과 여름의 좌충우돌을 견뎌냈기에 풍성한 수확으로 충만한 "가을이고 싶다"고 소망한다.

물리적인 사계절은 지구의 자전과 태양의 경로를 통해 생기는 계절의 변화다. 가을은 풍성한 수확만 있는 게 아니다. 다가올 겨울의 숙살지기에 대비해야 한다. 현재가 있어야 과거와 미래가 존재한다. 과거와 미래의 기준은 현재다. 그리고 현재의 주인은 나다. 현재는 오늘이다. 오늘은 가을이다. 가을은 중년기다. 인고의 시간은 용기를, 뜨거운 입김은 풍부한 아름다움을 선물한다. 그래서 그는 지금 여기에 충실하고 집중하는 삶을 영위하기 위해 어제도, 내일도 아닌 "나 오늘/가을이고 싶다"고 소망했다.

첨단과학이 인류의 삶을 윤택하게 해주었지만 지나친 과학의 발달은 인간 삶의 본질을 왜곡시키기도 했다. 그는 시인의 말에서

"길을 걷는 중에도 깊은 잠에 취한 중에도 낯선 이와 대화를 나누는 중에도 지치고 힘겨움에 몸서릴 칠 때에도 환희에 젖어 포효할 때에도 그렇게 시는 나와 함께했다."라고 했다.

　나이는 생의 굴곡을 뒤돌아보게 하는 함량과 비례한다. 사랑의 함량도 삶의 함량과 비례한다. 그의 작품에 유독 사랑에 대한 그리움이 많은 것도 나이와 무관하지 않으리라. 그리고 그가 사랑을 통해 왜곡된 삶을 치유 받고 생의 굴곡을 뒤돌아보는 여유가 생겼다면 심폐소생술의 묘약은 사랑이다.

2. 둘이 아닌 하나 되기

정철수 시인은 자신을 스포츠 문학가라고 소개하고 있다. 스포츠문학이란 운동경기를 다루거나 체육 사상을 고취한 문학이다. 스포츠는 우리의 꿈이기도 하고, 웃음을 주기도 한다. 스포츠는 재미와 싫증을 동시에 유발한다. 한때 여자들이 가장 싫어하는 이야기는 남자들의 군대 이야기, 군대에서 축구 한 이야기, 군대에서 비 맞으며 축구 한 이야기라는 우스갯소리도 있었지만, 월드컵 축구경기를 통해 축구도 충분히 재미있다는 것을 경험했다.

노자는 "약함이 강함을 이기고 부드러움이 굳음을 이긴다(弱之勝强, 柔之勝剛)."라고 했다. 그는 스포츠 전문가이며, 이학박사다. 그의 프로필에서도 알 수 있듯 그는 스포츠 현장에 있었다. 성남일화천마프로축구단 사무국장, 충청남도체육회 사무처장, 국제축구아카데미 대표이사, 국제스포츠교육센터 원장, 한국프로축구연맹 실무위원회 회장, 스포츠산업경영학회 이사 등 그의 이력이 말해주듯 그는 축구구단의 운영과 마케팅을 담당한 스포츠 전문가다. 스포츠 전문가는 냉철한 이성과 예리한 판단력이 필요하다.

시인이 사물을 바라보는 눈도 예리하고 섬세하다. 그가 성남일화 사무국장으로 있을 때 성남탄천종합운동장에서 열린 K-리그 개막

전 오프닝 행사로 시 낭송을 시도했을—「여기, 와서, 보라」(시: 김명옥, 낭송: 박영애) — 정도로 그는 문학에 대한 열정이 대단했다. 축구 경기와 시 낭송의 조합, 강함과 부드러움의 조화는 그의 독창성과 예리하고 섬세한 판단력이 만든 결과물, 신의 한 수였다. 스포츠 전문가로서의 정철수와 시인으로서의 정철수는 뫼비우스 띠의 안팎처럼 끊어지지 않고 연결되어 있다. 뫼비우스의 띠에서는 안과 밖이 따로 없는 하나의 공간이 형성되듯 스포츠 전문가 정철수와 시인 정철수는 하나다.

그는 시인의 말에서 "햇살 내리쬐는 시간에도 잠 못 드는 깊은 밤에도 새벽이슬에 눈물이 촉촉이 젖을 때에도 첫눈 오는 날 환호성을 칠 때에도 한시도 시는 내 곁을 떠나지 않았다."라고 고백할 정도로 삶의 순간순간마다 시와 함께 동고동락했다.

발끝에서 발끝으로

쉼 없이

그라운드를 내달리고 있다.

멈춰선 듯

나는 듯

때론 함성을 움켜쥐고

때론 절망을 부여잡고

끝없이 내달려도

바르르 떨리는

채울 수 없는

목마름

–「갈증」 전문

시인의 작품에는 시인의 삶이 투영된다. 그는 오랜 세월 동안 축구 구단에 몸담고 선수들과 희로애락을 함께한 산증인이다. "발끝에서 발끝으로/쉼 없이/그라운드를 내달리"는 축구는 약육강식과 승자독식의 세계다. 각종 전술과 철학의 집합체인 축구 경기는 최고의 경기와 최고의 승부로 답한다. 별을 잡기 위해 선수들은 최후의 순간까지 온 힘을 다해 달린다. 데뷔골, 역전골, 극장골… 골이 골문을 향한 골인의 집념은 짜릿하다 못해 처절하다. 그렇다고 무작정 달려서는 안 된다. "멈춰선 듯/나는 듯" 달릴 때와 멈출 때를 알고 달려야 한다.

철학적 사유는 거창하고 대단한 것이 아니다. 우리의 삶을 관통해서 깨달은 모든 경험이 바로 철학적 사유다. '함성'과 '절망'이 교차하는 공간은 인생의 축소판이다. 선수들은 끝없이 내달려도 늘 "채울 수 없는/목마름"을 경험한다. 그도 꿈을 향해 끊임없이 질주했지만, 지천명에 이르러서야 꿈은 영원한 갈증이었음을 고백한다. 체험과 상상력에 더해진 높은 안목은 시의 이미지와 연결되어 새로운 세계를 창조하고 그의 시의 품격을 만든다.

뺏고 뺏기고

넘어지고

쉼 없이 내 달리고

잠시 잠깐

쉼.

어둠이 드는 날엔 불 밝히고

해 드는 날엔 그림자 위로

이기고 진다는 것은

그라운드 위에 펼쳐진

생(生)의 날들

-「90분 동안」 전문

축구선수들에게 주어진 시간은 90분이다. 그라운드 위에 펼쳐진 90분은 승자와 패자를 결정하는 냉정한 시간이다. 그라운드 위의 선수들은 쉼도 잠시 잠깐, 밤낮도 따로 없다. 오직 "뺏고 뺏기고/넘어지고/쉼 없이 내달리는" 치열한 생존경쟁만 존재하는 전쟁터다. 일진일퇴의 전쟁도 90분이 지나면 끝이다. 결과는 중요하지 않다고 하지만 모든 경기는 승자와 패자에 열광하고 좌절한다. 한 번 승자는 영원한 승자가 아니다. 오늘의 승자가 내일의 패자가 될 수도 있고, 오늘의 패자가 내일의 승자가 될 수도 있는 것이 운동경기다. 그래서 운동경기는 영원한 승자도, 영원한 패자도 없는 세계다.

그는 「90분 동안」을 인생에 비유했다. 경기에 시작과 끝이 있듯 우리도 생사(生死)가 있다. 선수가 경기에 집중하듯 우리도 주어진 삶에 최선을 다한다. 잘났든 못났든 가난하든 부자든 삶은 모두에게 공평하고 소중하다. 단지 빈부귀천, 부귀영화라는 선입관, 승자는 성공한 삶으로 패자는 실패한 삶으로 판단하는 오류를 범하고 있다. 한 치 앞도 모르는 게 인생이다. 우리는 주어진 삶에 최선을 다해야 한다. 뺏고 뺏기고 넘어질지라도 좌절하거나 포기하지 말고 생의 마지막 순간까지 환하게 웃으며 경쟁하고 손뼉 치며 서로를 응원할 수 있어야 한다. "이기고 진다는 것은" 삶의 행로에 펼쳐진 생의 날들일 뿐이다.

탁구결승전

손에 땀을 쥐게 하는 박빙의 승부

4번에 걸친 듀스

끝내 누군가는 이기고

누군가는…

메달의 색깔이 달라지는 순간

승리자의 함성

안타까움의 탄성

함성과 탄성 속에 자리한 눈물

결코 그들의 눈물은

다른 색일 수 없다.

-「두 개의 눈물」 전문

사람들은 자신에 대해 우열을 가리고 서열을 정하는 것에 분노하면서도 타인에 대해서 우열과 서열을 매기는 것은 당연시한다. 그래서 운동경기에서 선수나 관중은 과정보다 결과에 집착하는지도 모른다. 즉, 어떻게 얼마나 노력했는가보다 금·은·동메달로 선수를 평가한다. 모든 선수가 금메달이라면 좋겠지만 그런 경기는 없다. "누군가는 이기고/누군가는" 지는 게 현실이다. 메달 색깔에 따라 선수는 선수대로 관중은 관중대로 "함성과 탄성 속에 자리한 눈물"이지만 "그들의 눈물은/다른 색일 수 없다." 눈물의 성분은 98.5%가 물이고 그 밖에 나트륨, 칼륨 등의 염류와 소량의 단백질이 함유되어 있다. 평상시에 나오는 눈물의 양은 하루에 0.6cc로 1년간 모은다면 샴페인 한 잔 정도의 양이라고 한다. 정상적으로 나오는 눈물, 강한 빛이나 이물질이 들어갔을 때 나오는 눈물, 기쁨과 슬픔 등 통증을 느낄 때 나오는 눈물은 모두 다른 색일 수 없다.

　그런데, 그는 왜 「두 개의 눈물」이라고 했을까? 우리는 경험적으로 승자의 눈물과 패자의 눈물이 같지 않다는 것을 안다. 승자는 성공한 사람, 패자는 실패한 사람이라는 왜곡된 잣대로 판단하기 때문이다. 우리는 두 개의 눈물 중에서 선택하라면 어떤 눈물을 선택할까? 행복의 반대말은 불행이 아니라 불만이라고 한다.

　불만은 목표지향적인 행동이 내적인 원인이나 외적인 원인에 의

하여 방해된 상태이며, 그때에 경험하는 정서 상태다. 이 내외적인 원인만 제거한다면 누구나 행복해질 수 있다는 것을 그는 역설적으로 표현하고 있는지도 모른다. 인생에서 긍정적인 것과 부정적인 것을 골라낸다는 것도 장점과 단점으로 분리한다는 것도 불가능하다. 그래서 삶은 불이(不二), 둘이 아닌 하나다.

　그는 지금 스포츠 현장을 떠났지만, 그의 작품에는 여전히 스포츠 현장의 경험이 투영된 작품이 많다. 경험을 시로 펼쳐내는데 채 1초도 걸리지 않았다는 시인의 말처럼 삶이 시가 되고 시가 삶이 되는 둘이 아닌 하나였기 때문이다.

3. 더불어 살아가는 인간 정신

경쟁과 소유욕은 인간의 생존을 위한 본능적인 욕구다. 특히, 경제발전에 가장 큰 영향을 준 것이 바로 경쟁과 소유욕이다. 그러나 과도한 경쟁과 소유욕은 인간을 사회적 괴물로 만들고 인간성 상실과 인간성 파괴의 극한 상황으로까지 내몬다. 함께 사는 세상, 더불어 살아가는 삶은 인간성 회복을 염원하는 화해의 시선이며 실천 의지다.

그는 시인의 말에서 "매일 꿈을 꿨다. 언젠가 내 집을 지으면 하얀 집을 짓겠다 생각했다. 벌집처럼 촘촘히 얽혀있는 아파트가 아닌 별과 달님, 새와 벌들이 찾아들고, 바람과 구름이 쉬어가며, 지나던 길손의 발걸음을 멈춰 세울 수 있는 정감 어린 집, 무엇보다 사랑하는 사람들이 찾아와 저마다 꿈을 꾸는 집을 짓고 싶었다." 라고 했다.

공존의 논리는 나만이 아니라 나 밖의 다른 존재들과 함께 더불어 살아가는 삶이다. 자연의 아픈 소리를 들을 줄 알고, 그 아픔에 동참하고자 할 때 자연스럽게 공감을 불러일으키게 된다.

점심을 먹고

명륜당 뜨락을 거닐다

은행나무 아래 앉았다.

수북이 쌓인 낙엽마다

가을 깊었음을

전하고 있다.

여여로이 바라보는

눈 속으로

가득한 햇살 내리고

오백 년 조선의 역사가

들어선다.

예를 갖춰 맞으니

한 무리 비둘기 떼

날갯짓이다.

아득한 성자

정성 되라 일러준다.

–「산책」 전문

삶은 기억이다. 삶의 시간은 기억으로 채워진다. 기억이 없는 시간은 무의미하다. 그래서 기억은 미화된다. 그가 에코비전21 편집위원으로 활동할 때, 그의 사무실은 명륜동에 있었고 명륜동에는 조선 시대 최고교육기관인 성균관명륜당이 있다. 그는 '명륜당 뜨락', '은행나무', '가을이면 수북하게 쌓인 낙엽', '가득한 햇살', 이 모든 것들이 기억하는 '오백 년 조선 역사'를 예를 갖춰 맞이한다. 그림을 그리려면 대상과 일정한 거리만큼 떨어져 있어야 한다. 현대 도시생활은 바쁘다. 그는 휴식이 필요하면 명륜당에서 산책한다. 대상과 일정한 거리를 두고 대상을 관조하고 대상을 기억하고, 대상을 통해 자신을 성찰한 후 삶의 그림을 그려나간다. 한 사람의 삶만이 아니라 현재를 살아가는 모든 사람을 기억하며 "아득한 성자/정성 되라 일러주는" 내면의 소리와 대면한다. 그의 시는 단순한 시가 아니라 가슴 깊은 근원에서 울려오는 내면의 소리와 일체화를 꿈꾸는 청정한 노래다. 그의 의식은 항상 열려 있고 또 감각기관을 항상 열어놓아 생명의 호흡 소리까지 감지하고 공감하고 공유한다.

출근길

풀잎에 맺힌 이슬방울의 반짝임

단지 물방울이었던 이슬이

진주처럼 고아질 수 있음을

새벽엔 미처 몰랐다.

햇살과 이슬

누가 먼저 찾아왔건

누가 먼저 기다렸건

만남은 서로를 빛나게 했고

영롱한 빛으로

－「만남」 전문

인간은 사회적 존재이기에 필연이든 우연이든 만남과 관계를 통해서 이루어진다. 관계란 서로 다른 둘이 만나 새로운 하나를 만들어가는 과정이다. 그리고 그 과정에서 우리는 이 세상 어디에도 없는 유일한 존재가 된다. 유일한 존재의 만남은 모두 소중하다. 새로운 존재와 만남은 두려운 일인 동시에 설레는 일이다.

그는 출근길에서 반짝이는 '이슬방울'을 만난다. '햇살과 이슬'의 만남은 "누가 먼저 찾아왔건/누가 먼저 기다렸건" 그건 중요하지 않다. 비록 햇살과 이슬의 짧은 만남이 두려운 일이라 할지라도 '이슬'이 '진주'처럼 고와질 수 있다는 깨달음은 얼마나 설레는 일인가.

출근길에서 그와 이슬의 만남은 자연과 인간의 평범한 만남이다. 그런데 여기에 햇살이 더해지면서 특별한 만남으로 반전한다. 이슬은 더 이상 이슬이 아니라 진주다. 사람과 사람의 만남 또한 마찬가지다. "만남은 서로를 빛나게 했고/영롱한 빛으로/서로를" 존재하게 한다. 평범한 만남이 특별한 만남이 되고, 너는 나에게 나는 너에게 세상에서 가장 소중한 존재로 자리매김한다. 회자정리(會者定離)라고, 비록 만남이 이별이라 할지라도 그는 새로운 사람들을 만나고 소통하고 관계를 맺는 더불어 살아가는 삶을 지향한다.

하루를 컴퓨터 안에 담고 있는 시간

격랑 속을 내달려온 날들이

함께 담긴다.

언제든 펼쳐볼 그 시간의 흔적

때론 좌절과 절망으로

때론 끝없는 환희로

거친 숨결이 오는가 하면

그지없이 평화로움이 내리기도 했다

첫사랑이 그리워 몸서리치는 날엔

온 밤을 꼬박 끌어안았고

누군가 미워지는 날엔

무릎이 닳도록 절을 했다.

그렇게 하루하루 빚고

겹겹이 쌓인 나날들이

지금의 나다.

내일의 나의 모습은

오직 나의 선택

생의 노정,

잘 빚고 싶다.

-「생의 노정(路程)」 전문

'일체유심조'라 했다. 일체가 다 마음이고, 일체가 다 마음이 지어낸 것이기에 모든 것은 마음먹기에 달렸다. 이 세상의 모든 상황은 꿈속에 나오는 엑스트라다. 모든 것은 내가 중심이기에 천지창조도, 세상 만물도 다 내 마음이 주관한다. 수많은 모순이 존재하지만 포기할 수 없는 생의 노정에서 소중한 나는 이 세상을 허투루 살 수 없다. 그래서 "내일의 나의 모습은/오직 나의 선택/생의 노정/잘 빚고 싶다"고 스스로 다짐한다. '좌절과 절망', '환희와 기쁨', '그리움과 미움' 등등이 쌓인 날들이 모두 모여 지금의 나이듯 내일의 더 나은 내 모습을 빚겠다는 다짐은 모든 사람이 함께 공유하기를 바라는 그의 꿈이며 희망의 메시지다

이 세상은 더불어 살아가는 공동체 사회다. 공동체 사회의 일원으로 그는 자신에게 엄격하다. 그리고 "누군가가 미워지는 날엔/

무릎이 닳도록 절을" 하는 반성과 자비 정신을 바탕으로 '신독(愼獨)'의 철학을 실천하고 있다.

"당신 발밑만 내려다보지 말고 고개를 들어 하늘의 별을 바라보라."라고 말했던 스티븐 호킹도 아무리 우주라 하더라도 당신이 사랑하는 사람들이 살고 있는 곳이 아니었다면 우주도 별 의미가 없을 것이라 했다. 우리는 더불어 살아가는 인간 정신을 공유하고 있기에 미래를 꿈꾸고 행복을 추구한다.

정철수 시인의 시심은 느긋하나 단호하다. 시인의 작품 속에는 시인의 삶이 투영되기 때문에 시는 자기 고백의 형태를 벗어날 수 없다. 상징과 비유로 은근히 감춘다 하더라도 시의 내면에서 우리는 시인의 삶과 대면하게 된다. 꿈과 행복을 찾아가는 시인의 행로는 순수하고 솔직담백하고 도덕적인 선비의 삶이었다.

시인의 말처럼 "힘든 시간을 보내고 있을 이들, 외롭고 지친 이들, 삶 앞에 절망하고 좌절하는 이들, 꿈을 찾아 헤매는 이들에게 읽히길" 바라면서 지금까지 쓴 시의 양과 질보다 더 많고 더 좋은 시를 계속하여 쓰리라 믿는다.

마지막으로 그의 시편들 속에서 자신이 삶의 철학을 직접적으로 담은 시를 소개한다.

잘 산다는 것은

거창한 그 무엇을 남기는 것이

아니라 성심(誠心)으로

하루하루를

살아가는 것이다.

일어나 이불을 개고,

양치질을 하고

신발을 가지런히 하는 것으로부터

책상을 정리하는 것

친구와 가벼이 인사를 나누고

동료와 차 한 잔 마시고

집에 들 때

아이스크림 하나 손에 들고

파란 신호등을 기다리고

가까이 있는 이에게

따뜻한 말 한마디 건네는 것

햇살과 바람을 느끼고

새들의 노랫소리를 듣는 것

그런 소소한 일상이

의미 있고 가치로운 삶이다.

잘 산다는 것은 그런 것이다.

–「잘 산다는 것」 전문